CATALOGUE

DES

TABLEAUX

ANCIENS ET MODERNES

DONT LA VENTE AURA LIEU

HOTEL DROUOT, SALLE N° 8

Le Lundi 19 Avril 1886

A TROIS HEURES

EXPOSITION LE DIMANCHE 18 AVRIL 1886

DE UNE HEURE ET DEMIE A CINQ HEURES

Mᵉ ESCRIBE
COMMISSAIRE-PRISEUR
6, rue de Hanovre

MM. HARO FRÈRES
PEINTRES-EXPERTS
rue Visconti, 14, et rue Bonaparte, 20

1886

CE CATALOGUE SE DISTRIBUE

A PARIS CHEZ

Me ESCRIBE	MM. HARO Frères
COMMISSAIRE-PRISEUR	PEINTRES-EXPERTS
6, rue de Hanovre	rue Visconti, 14 et rue Bonaparte, 20

CONDITIONS DE LA VENTE

Elle sera faite au comptant.

Les acquéreurs payeront *cinq pour cent* en plus du prix d'adjudication.

DÉSIGNATION

TABLEAUX

ARTOIS (VAN) — (Attribué à)

1. — Paysage.

T. — H., 1m,00. L., 1m,07.

BACHEREAU (VICTOR)

2. — En faction du côté de l'office.

B. — H., 0m,47. L., 0m,39.

BAKHUYZEN (LUDOLF)

3. — Jésus sur le lac de Génésareth.

Le Christ endormi au fond de la barque est réveillé par ses apôtres. On aperçoit à droite une autre barque fuyant devant la tempête.

Signé en toutes lettres sur le bandeau de l'arrière du bateau et daté 1704 sur un morceau de bois flottant.

T. — H., 1m,20. L., 1m,75.

BARILLOT

4. — Le Pont rustique.

Signé à droite.

T. — H., 0m,55. L., 0m,72.

BERCHEM (Nicolas) — (D'après)

5. — Le Passage du gué.

T. — H., 0m,75. L., 1m,00.

BIE (J. de)

6. — Une Kermesse.

Sur une grande place, les habitants d'un village célèbrent la fête du pays : les uns sont attablés, les autres causent et regardent un groupe de paysans qui dansent. A gauche, des personnages viennent voir la fête.

Grand tableau très gai et décoratif.

Signé à gauche sur un tronc d'arbre.

T. — H., 1m,33. L., 2m,515.

BOUCHER (François)

7. — Les Dieux de l'Olympe.

Esquisse.
Grisaille.
Provient de la vente de Paul de Saint-Victor.

Ovale. T. — H., 0m,25. L., 0m,35.

CARPIONI (J.)

8. — Faunes et Bacchantes célébrant la fête de Silène.

Très beau tableau dans le plus agréable genre décoratif, d'une belle conservation.

T. — H., 0m,84. L., 1m,00.

DELACROIX (Eugène)

9. — Saint Sébastien.

Esquisse.

T. — H., 0m,62. L., 0m,50.

DIAZ

10. — Femmes turques.

Signé à gauche.

B. — H., 0^m,36. L., 0^m,25.

DIAZ

11. — Les deux Amis.

Signé à gauche.

B. — H., 0^m,30. L., 0^m,21.

DORCY

12. — Tête de Jeune fille.

Signé du monogramme à droite.

T. — H., 0^m,46. L., 0^m,39.

DUPRÉ (Victor)

13. — L'Abreuvoir.

Signé à droite.

B. — H., 0^m,27. L., 0^m,35.

CARESME

14. — Bacchante endormie, surprise par des Satyres.

T. — H., 0^m,61. L., 0^m,50.

CÉRÉZO (Matéo)

(1635-1686)

15. — Portrait d'un Dominicain.

Il est représenté tête nue; vu de trois quarts et tourné vers la droite.

T. — H., 0^m,54. L., 0^m,48.

1.

COUDER (Auguste)

16. — Louis XV à la bataille de Lawfeld.

Esquisse du grand tableau qui figure au musée de Versailles.

T. — H., 0^m,42. L., 0^m,49.

FRÈRE (Théodore)

17. — Tombeau près de Minich.

Signé à gauche.

T. — H., 0^m,46. L., 0^m,72.

GELLÉE (Claude) *dit le Lorrain*

(Attribué à)

18. — Paysage : Effet de soleil levant.

B. — H., 0^m,26. L., 0^m,38.

GÉRICAULT (Théodore)

19. — Parabole du Diable semant l'ivraie pendant le sommeil des travailleurs.

Cette copie, faite par Géricault, d'après le Tintoret, a été achetée, à sa vente, par Eugène Delacroix, qui en avait orné son atelier.

Provient de la vente Delacroix, où il était désigné sous le titre : « Le Sommeil des Apôtres, d'après le Titien », sous le n° 228.

B. — H., 0m,78. L., 0m,57.

GÉRICAULT (Th.) — (Attribué à)

20. — Le Cellier normand. Étude d'après nature.

T. — H., 0m,55. L., 0m,65.

COURBET

21. — Paysage.

Signé à droite.

T. — H., 0m,40. L., 0m,51.

EVERDINGHEN (Attribué à)

22. — Le Torrent.

T. — H., 0m,72. L., 0m,57.

FRAGONARD (Honoré)

23. — Le Berger musicien: Soir d'automne.

Paysage d'un grand effet, beau panneau décoratif.

T. — H., 1m,64. L., 0m,90.

FRANKEN

24. — La Montée au Calvaire.

Composition importante, belle exécution.

Cuivre. — H., 0m,44. L., 0m,62.

GRIMOU (A.)

25. Portrait de l'acteur Lekain.

T. — H., 0m,81. L., 0m,65.

GERVEX (H.)

26. — Au Skating.

Signé à gauche.

T. — H., 0m,55. L., 0m,46.

HALS (Frans) — (Attribué à)

27. Chanteur flamand.

Il est assis devant une table sur laquelle sont posés un verre, sa pipe et du tabac.

T. — H., 1m,04. L., 0m,80.

HEEM (David de) — (École de)

28. — Nature morte : Un Déjeuner.

T. — H., 0m,57. L., 0m,43.

HESSE (Alexandre)

29. — Les Funérailles du Titien.

Épisode de la peste de Venise.

Composition capitale dans l'œuvre d'Alexandre Hesse.

Signé à droite et daté 1831.

T. — H., 0m,42. L., 0m,58.

LAVIEILLE (Eugène)

30. — La Maison de Jean le Guenilleux, dit *La Misère*, au Libéro (Orne).

Effet de nuit.

B. — H., 0m,35. L., 0m,58.

LANCRET (Attribué à)

31. — L'Automne.

T. — H., $0^m,25$. L., $0^m,30$.

LUMINAIS

32. — Chasseur gaulois.

Un chasseur gaulois a mis devant lui sur son cheval le corps d'un sanglier ; près de lui ses deux chiens, dont l'un est blessé à la patte.

B. — H., $0^m,55$. L., $0^m,47$.

MORALÈS (*dit El Divino*)

33. — Pieta.

La Vierge tient entre ses bras le Christ mort ; derrière on aperçoit le pied de la croix.

Ce peintre est très estimé dans l'École espagnole. Grande finesse et grande délicatesse de pinceau.

T. — H., $0^m,70$. L., $0^m,47$.

MORONI

34. — Jeune page tenant une corbeille de fleurs.

T. — H., 0m,67. L., 0m,65.

NEER (Van der) — (D'après)

35. — Paysage : Effet de nuit.

T. — H., 0m,48. L., 0,62.

PLASSAN

36. — La Paresseuse.

Signé à gauche.

B. — H., 0m,08. L., 0m,12.

PLASSAN

37. — Bords de la Seine.

Signé à gauche et daté 79.

B. — H., 0m,20. L., 0m,33.

POEL (Egbert Van der) — (Attribué à)

38. — Le Jeu de la Morra.

Dans une chaumière, un rémouleur et un braconnier jouent à la morra ; une femme leur apporte un flacon.

B. — H., 0m,28. L., 0m,35.

RECCO (le chevalier Joseph)

39. — Une Cuisine.

Sur une table posée obliquement dans la toile, on distingue d'abord deux poules vivantes, l'une grise, l'autre noire, liées par les pattes. Des œufs sont groupés près d'elles. La poule grise vient d'en briser un qui s'est répandu tout entier. Autour d'un mortier supportant un plat, est posée une tête de veau ; plus loin, de nombreux accessoires s'élèvent, sur le fond d'une nappe à franges, un grand vase en cuivre, etc.

Tableau important de ce peintre, qui fut l'émule de Ribéra et de Vélasquez.

Vente Astruc, no 72 du Catalogue.

T. — H., 1m,20. L., 1m,64.

REYNOLDS (sir Josua) R.-A.

40. — La Coupe de Benjamin ; les Frères de Joseph arrêtés.

L'officier de Pharaon, envoyé à leur poursuite, vient de les arrêter ; il porte le turban, une robe de pourpre. Son cheval, ses dogues, ses serviteurs sont près de lui. Il tient à la main la coupe d'or retrouvée dans le sac de Benjamin. La scène se passe au pied d'un talus dominé par des arbustes.

A gauche, une forteresse, manière de Tour de Londres. Composition et couleur d'un puissant effet. En étudiant Rembrandt, le maître anglais s'est assimilé une partie de son génie.

Vente Astruc, n° 73 du Catalogue.

T. — H., 0m,98. L., 1m,26.

SÉGÉ

41. — Sur la côte de Vaujour.

Signé à droite.

B. — H., 0m,13. L., 0m,22.

SÉGÉ

42. — Route en forêt : Effet de soleil couchant.
Signé à droite.

B. — H., 0m,15. L., 0m,22.

SCHALKEN

43. — La Ménagère hollandaise.

Une jeune femme tenant une lumière se penche à la fenêtre; dans le fond on aperçoit deux buveurs attablés.

B. — H., 0m,31. L., 0m,20.

TOORWLIET

44. — Buveurs flamands.

T. — H., 0m,35. L., 0m,29.

TRINQUESSE

45. — Portrait d'homme. Époque de la Révolution.

Il est représenté assis, accoudé sur une chaise, tenant un livre de la main droite.

T. — H., 0m,65. L., 0m,54.

TROUILLEBERT

46. — A la fontaine.

Signé à gauche et daté 1873.
Salon de 1873.

T. — H., 1m,17. L., 0m,82.

TROUILLEBERT

47. — Paysage.

Signé à gauche.

T. — H., 0m,55. L., 0m,46.

TROUILLEBERT

48. — Une Ferme.

T. — H., 0m,32. L., 0m,41.

VERMER (Jean), de Delft
(Attribué à)

(ÉCOLE HOLLANDAISE)

49. — Le Géographe.

Un savant, enveloppé dans une robe jaune et coiffé d'une toque grenat, travaille, assis devant une table, et mesure une distance sur une sphère placée près de lui.

B. — H., 0m,40. L., 0m,34.

VLIEGER (Simon de)

50. — L'Approche de l'orage. Marine.

Des nuages énormes projettent sur la plus grande partie du tableau une ombre tragique, la tempête commence à agiter les flots.

Des navires cherchent à regagner le port.

La mer est peinte avec une grande vérité.

T. — H., 1m,03. L., 1m,65.

WATTEAU (École de)

51. — Comédiens italiens dans un parc.

B. — H., 0^m,46. L., 0^m,36.

WEENIX (Attribué à)

52. — L'Hôtellerie.

B. — H., 0^m,79. L., 0^m,63.

WOLFVOET

53. — Passage de la mer Rouge.

B. — H., 0^m,54. L., 0^m,71.

WYNANTS (Jean)

54. — Paysage.

Signé du monogramme à gauche.

B. — H., 0m,29. L., 0,18.

ZURBARAN

55. — Sainte Claire en prière.

La sainte est représentée vue à mi-corps, priant devant un crucifix.

Provient de la vente Oudry, nº 59 du Catalogue.

T. — H., 1m,22. L., 1m,00.

ÉCOLE ITALIENNE

56. — Le Christ à la colonne.

Dessin rehaussé et modelé de blanc.
Ce dessin appartient à l'École de Raphaël.

Bois de cèdre. — H., $0^m,28$. L., $0^m,225$.

ÉCOLE ITALIENNE

57. — Jésus couvert d'outrages (scène de la Passion).

Dessin rehaussé et modelé de blanc.
Pendant du précédent.

Bois de cèdre. — H., $0^m,28$. L., $0^m,225$.

ÉCOLE ITALIENNE

58. — Suzanne surprise.

T. — H., $0^m,65$. L., $0^m,45$.

ÉCOLE FLAMANDE

59. — Intérieur de cour dans un château.

T. — H., $0^m,53$. L., $0^m,65$.

ECOLE FLAMANDE

60. — Retour de l'Enfant prodigue.

T. — H., $0^m,76$ L., $1^m,03$.

ÉCOLE FRANÇAISE

61. — Quatre grandes peintures décoratives représentant des paysages, des ruines, des ports de mer avec nombreuses figures.

T. — H., 2m,70. L., 1m,60.

ÉCOLE FRANÇAISE

62. — Le Champ de blé.

Signé C. L.

T. — H., 0m,32. L., 0m,45.

ÉCOLE FRANÇAISE

63. — Portrait d'un jeune garçon.

Il est représenté debout, tenant une rose de la main droite.

Ovale.

T. — H., 0m,51. L., 0m,43.

ÉCOLE FRANÇAISE

64. — Portrait de femme.

T. — H., 1m,25. L., 1m,00.

65. — Sous ce numéro les tableaux non catalogués.

AQUARELLES

CHARLET

66. — Les Joueurs de dames.

Aquarelle.
Signé à gauche et daté 1832.

H., 0^{m},23 H., 0^{m},38.

DECAMPS

67. — Chasseur.

Sépia.

B. — H., 0^{m},28. L., 0^{m},165.

G. JADIN

68. Nature morte : Gibiers, citron, etc.

Aquarelle.
Signé à droite et daté 1845.

H., 0m,76. L., 0m,62.

5206. – BOURLOTON. — Imprimeries réunies, A, rue Mignon, 2, Paris.

www.ingramcontent.com/pod-product-compliance
Ingram Content Group UK Ltd.
Pitfield, Milton Keynes, MK11 3LW, UK
UKHW020218180726
13838UKWH00005B/2057